Adam Mansbach

Dors et fais pas chier

Illustré par Ricardo Cortés

Traduit de l'anglais (États-Unis) par Pierre Demarty

Grasset

L'édition originale de ce texte a été publiée en 2011
par Akashic Books sous le titre : *Go the Fuck to Sleep*.

ISBN 978-2-246-79380-9

Achevé d'imprimer en Espagne par
Industria Gráfica Cayfosa (Barcelone)
Dépôt légal : novembre 2011
Numéro d'édition : 16943

Adam Mansbach est l'auteur de trois romans, dont *The End of the Jews*, lauréat du California Book Award en 2008, ainsi que d'un recueil de poésie et d'une anthologie de nouvelles. Collaborateur fréquent de publications telles que la *New York Times Book Review*, *The Believer*, *Poets & Writers* et le *Los Angeles Times*, il enseigne actuellement la littérature à l'université Rutgers. Sa fille, Vivien, a trois ans.

www.adammansbach.com

Ricardo Cortés a illustré des livres sur la marijuana, l'électricité, l'équipe jamaïcaine de bobsleigh et la nourriture chinoise. Il vit à Brooklyn, où il prépare actuellement un ouvrage consacré à l'histoire du café, de la cocaïne et du Coca-Cola.

www.rmcortes.com

pour Vivien, sans qui rien de tout cela ne serait possible

Les chatons se sont blottis contre leur maman.
Les brebis cajolent leurs agneaux endormis.
Te voilà bien au chaud dans ton lit à présent.
Alors dors et fais pas chier, je t'en prie.

Les lumières de la ville sont éteintes, mon biquet.
Les baleines somnolent dans les grands fonds marins.
Je te lis une dernière histoire si tu me promets
De dormir sans faire chier jusqu'à demain matin.

Dans le ciel, plus aucun aigle ne vole.
Sur la terre, plus rien ne bouge ; plus aucun bruit.
Non, tu n’as pas soif. Te fous pas de moi. Ras-le-bol.
Fais pas chier et couche-toi, mon chéri.

Le vent murmure parmi l'herbe et les fleurs.
Dans les champs, on n'entend plus couiner les mulots.
Ça fait déjà trois quarts d'heure.
C'est quoi, ce bordel ? Fait chier ! Dodo !

Le marchand de sable est passé pour tous tes amis.
La grenouille dans la mare a cessé de sauter.
Quoi ? Non, tu ne peux pas aller faire pipi.
Tu peux, en revanche, t'endormir sans me faire chier.

Les hiboux ont quitté le sommet des érables.
À tire-d'aile dans la nuit, eux seuls veillent encore.
Mon petit lapin, je vais péter un câble.
Je t'ai déjà dit que tu faisais chier ? Allez. Dors.

Regarde les petits lionceaux et les grands lions,
Vautrés pêle-mêle dans les bras de Morphée.
Tu sais pourtant faire plein de trucs tout mignons ;
Mais pour dormir, ça, tu sais surtout faire chier.

Les graines sommeillent sous la terre des champs,
Repos fertile pour les moissons de demain.
Je te préviens, tu la boucles maintenant.
Fais pas chier, endors-toi, ou je ne réponds de rien.

Dodo fait le tigre au cœur de la jungle immense.
Du haut de son arbre, même le moineau se tait.
Ton doudou, tu peux te le mettre où je pense.
Fais pas chier. Ferme les yeux. Fous-moi la paix.

La nature est assoupie : les vallons et les vignes,
Les montagnes, l'océan, les déserts et les bois.
Ma vie est un échec, je suis un parent indigne.
Fait chier à la fin, par pitié, endors-toi.

Entends-tu ronfler les pangolins géants de Madagascar ?
Et moi, m'entends-tu chialer ?
Un bibi de lait ? OK, je m'en fous, j'en ai marre.
De toute façon tu dors pas. Tu fais chier.

Je n'ai plus les yeux en face des trous ce soir.
Je suis là, hébété, dans cette chambre pourrie.
T'as gagné. C'est ça, casse-toi dans le couloir.
Fait chier, moi je dors. Bonne nuit et merci.

Je me réveille, complètement dans le coaltar,
Et je te vois, les yeux clos, allongée dans ton lit.
Je croise les doigts et, à pas de loup, je pars.
Tu m'auras bien fait chier, mais ouf ! te voilà endormie.

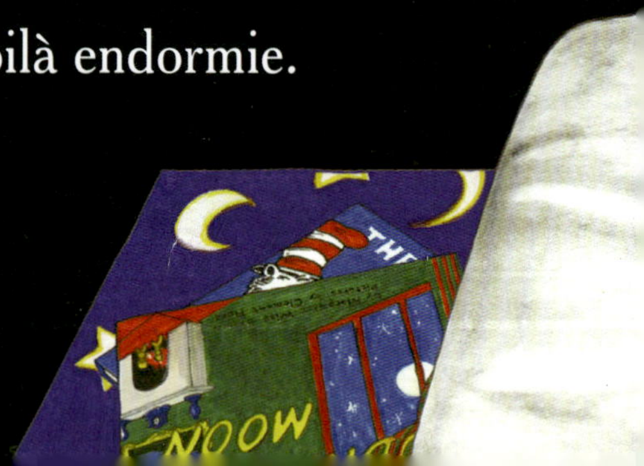

Enfin, on peut regarder notre film. Hourra !
Vas-y mon amour, fais péter le DVD.
Oh non. C'est pas vrai. Tu plaisantes ou quoi ?
Allez, retourne au lit. Dors et fais pas chier.

FIN